Zofia Garden   Anne Delseit

Schattenarie

Encore Edition   *1*

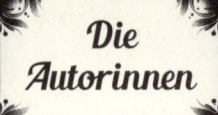

Die Autorinnen

Anne Delseit wurde 1986 in Köln geboren. Seit 2008 widmet sie sich Manga, Comics, Graphic Novels und Webtoons als Autorin, Redakteurin und Journalistin und arbeitet mit Künstler:innen aus dem In- und Ausland an neuen Werken. Seit 2013 lebt sie im Westerwald und ist für das Anime-, Manga- und J-Culture-Magazin *AnimaniA* und die Convention „AnimagiC" tätig. Bei CARLSEN MANGA! ist neben dem Vampir-Zweiteiler SCHATTENARIE (mit Zofia Garden) auch ihre Boys-Love-Fantasy-Trilogie LILIENTOD (mit Martina Peters) zu Hause. Aktuell arbeitet sie zusammen mit der Zeichnerin Marissa Delbressine an dem Webtoon „The Shadow Prophet".

www.alicubi.de

Zofia Garden ist seit 2005 in der Szene als Zeichnerin aktiv. Sie wusste schon immer, dass sie Geschichten erfinden und zeichnen möchte. Ihr erster Kurzmanga wurde 2006 im DAISUKI-Magazin abgedruckt und seitdem veröffentlicht sie Zeichnungen und Geschichten im Manga-Stil, ob bei Carlsen oder als Selfpublisher. Nebenbei designt sie Merchandise mit süßen Tiermotiven. Bei CARLSEN MANGA! sind neben SCHATTENARIE (mit Anne Delseit) auch ihr Chibi-Manga IM NAMEN DES SOHNES sowie die Boys-Love-Serie KILLING IAGO erschienen. Ihr derzeit längstes Werk ist BL IS MAGIC!, das unter ihrem Künstler-Pseudonym "Oroken" publiziert wird.

facebook.com/Orokenworks | instagram.com/oro_oroken

Diese Ver-
brennungen
wären nie
und nimmer
tödlich!

PATT
PATT

Hm?
Was ist
das?

Solche Biss-
wunden hat
er überall
am Körper.

War
das ein
Tier? Oder
mehrere
Tiere?

Das Opfer ist
männlich, ca.
Mitte 20. Groß
flächige Verbre
nungen 1. Grade
anzen Körper.
ußerdem auffäll
ss- und Kratzwu
Händen, Armen,
o, Hals...

SUPER...

Was ist dir
zugestoßen?

Das wird
wieder eine
lange Nacht...

Wo bleibt
Jan nur...?

Hoffentlich
geht es seiner
Tochter nicht
schlechter...

LIED 1:
»IM HIMMEL IST DER TAG,
IM ABGRUND IST DIE NACHT.
HIER IST DIE DÄMMERUNG:
WOHL DEM, DER'S RECHT BETRACHT'!«

Alfred...

Was? Bittest du mich um Hilfe?

Dann tu es richtig!

Bettle!

SWUSCH

Sagtest du »betteln«?

ZUCK

ZING

HFF

Du bist nachlässig, Brayden!

Das nächste Mal sorge ich persönlich dafür, dass er uns nicht mehr entwischt.

WOSCH

TSS

Wir haben seine Spur...

Willst du das wirklich riskieren?

...

... auf Melaten verloren.

...perché muta dal salice pendi!

RITSCH

Le memorie del petto riaccendi...

Brayden?

Ah!

Was für ein...

... schöner Traum!!

Hey!
Wo bin ich? Und wer seid ihr?
Ah!
Die Prinzessin ist schon wach!
Dieser Mann...!
LECK
Er... war tot, und dann...
Dieser Mann war tot!
Dann hat er mich gebissen...

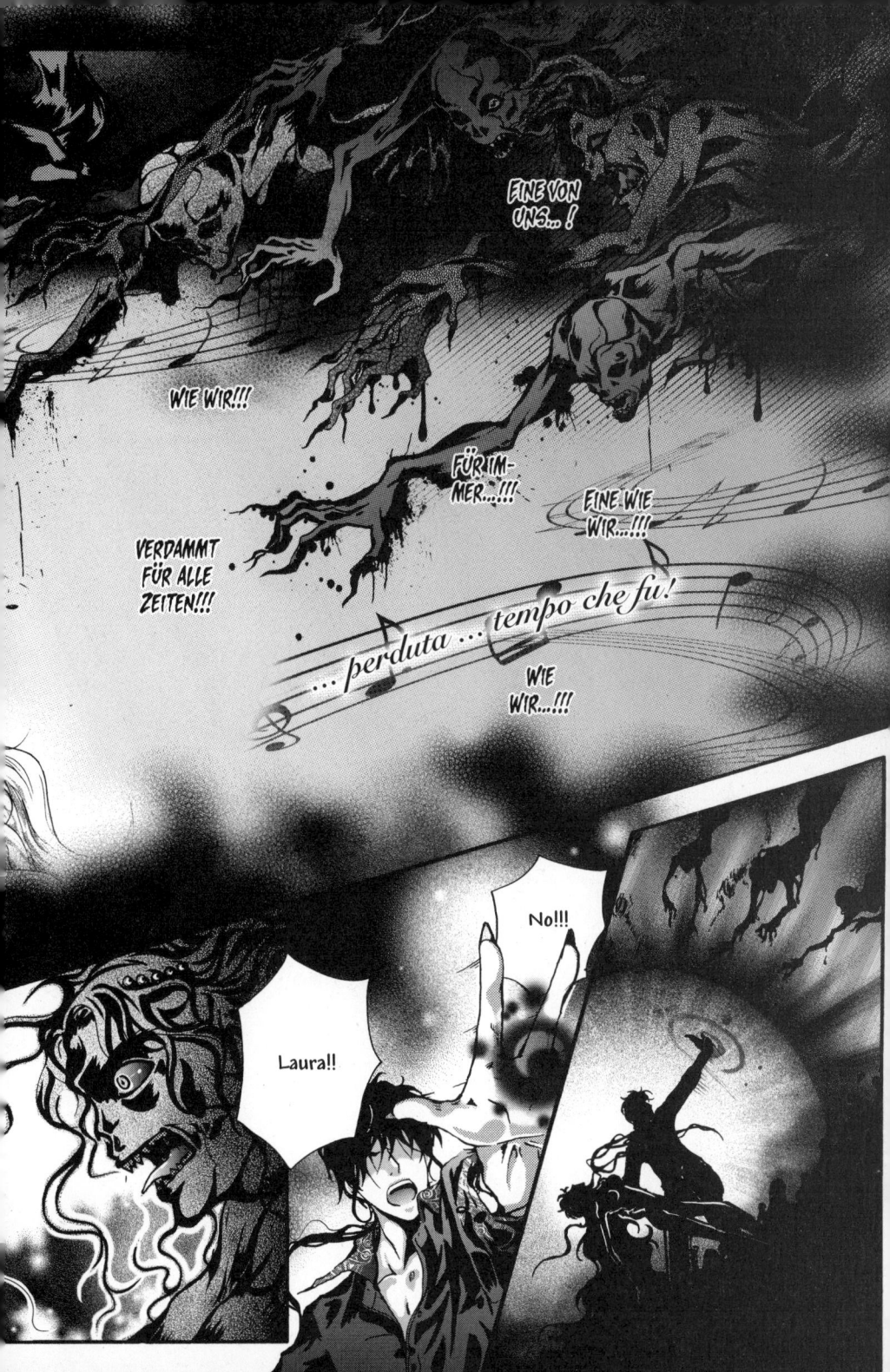

LIED 2:
»O DU MEIN GRAB, IN DAS HINAB
ICH EWIG MEINEN KUMMER GAB.«

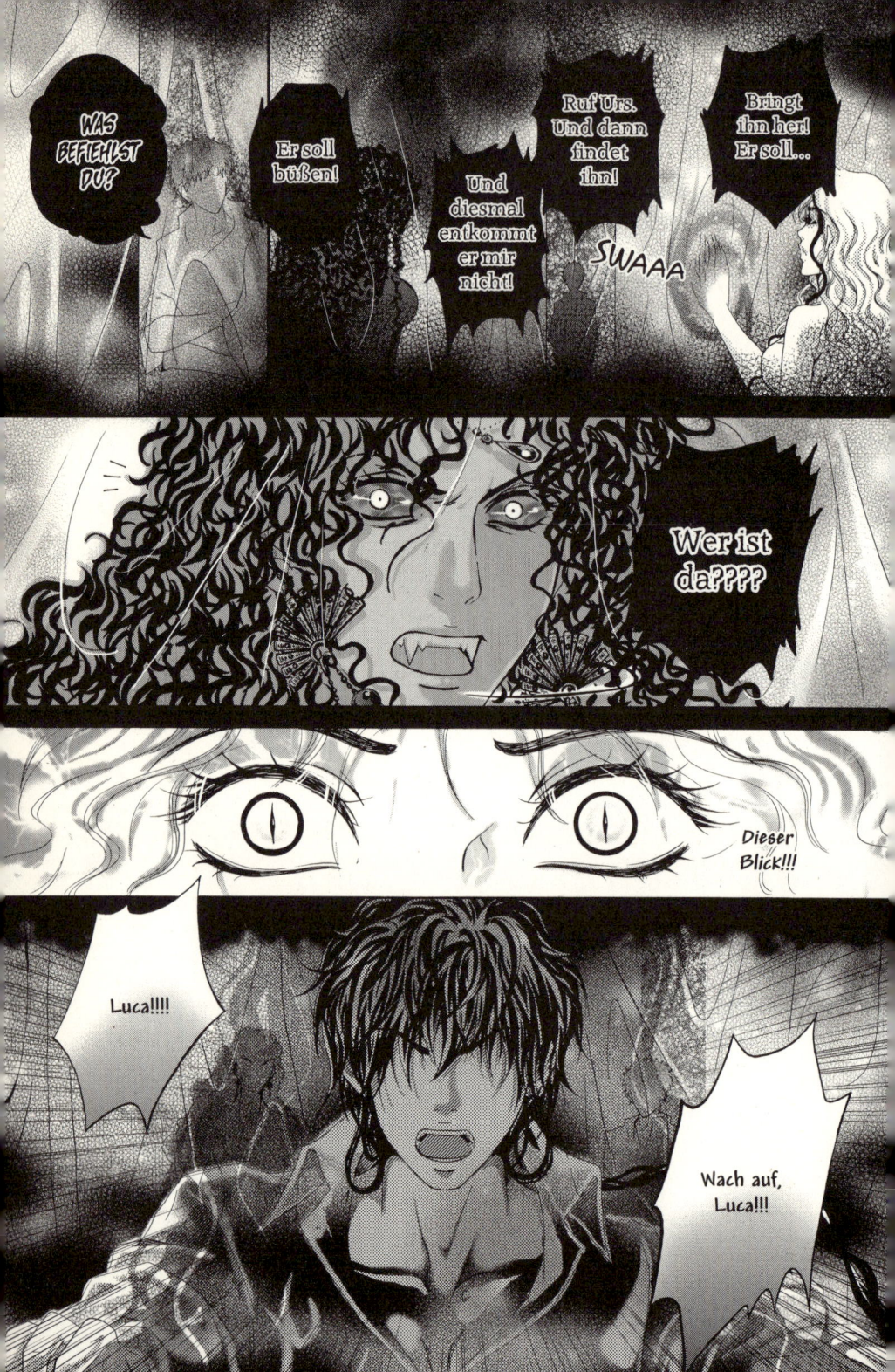

Was...

Endlich!

Was war das...?

Hab ich das etwa wieder... geträumt?

Ich...

Wir haben uns schon Sorgen gemacht.

Hey, Sleeping Beauty!

Willkommen zurück!

UAH!

Amazing!

Sie schläft drei Tage lang, und dann schreit sie gleich wieder.

Sie wird eine Weile brauchen. Gib ihr das zu trinken.

Sonst noch Wünsche?

Ich?

Ich muss unsere Hälse wieder aus der Schlinge ziehen, die du geknüpft hast, also stell dich nicht so an!

Wer musste denn hier Gott spielen?

Als ich bei DIR Gott gespielt habe, hat dich das nicht gestört!

...

Komm, beruhige dich! Alles wird gut.

Lasst sie nicht aus den Augen.

Ich bin bald zurück.

Gott...

... Der Mann macht mir immer mehr Angst...!

ARE YOU OKAY?

A PILLOW WON'T KILL ME, YOU KNOW...

Was für eine Freakshow...

Also, Luca!

Der schmerzhafte Tod durch Tristans Hand...

... oder dieses Kleid und eine zweite Chance?

Ich lass nicht locker, musst du wissen!

APPLAUS

AUSGE-ZEICHNET, GANZ AUS-GEZEICHNET!
ICH FINDE, DIE NEUE SOLISTIN WIRKT NOCH ET-WAS UNSICHER...
DAS KONZERT WAR KLASSE, MEINST DU NICHT AUCH, ALFRED?
ICH STEH MEHR AUF OPER...
WIESO BLEIBST DU STEHEN?
ALFRED?
Geht ohne mich.
Echnaton und Amarna
Ich muss noch was Klären.

Und ich will Tristan!

Hör auf, mir zu drohen, Alfred. Ich will nur meinen Frieden.

Ist das nicht eine tolle Aussicht, Luca?

HACH, DIE LUFT HIER FÜHLT SICH SO TOLL AN!!

SCHÖN FÜR DICH! ICH STEH UN- GERN HALB NACKT AUF DÄCHERN RUM.

Ich weiß nicht, was du hast. Das Kleid steht dir her- vorragend!

Du wirst unseren Jungs noch die Herzen brechen!

Ja, genau das ist im Moment meine größte Sorge!

Wie viele Menschen muss er noch umbringen, bis du einsiehst, dass du ihn nicht mehr unter Kontrolle hast?

Fünf letzte Woche, drei diese Woche — zusammen mit den anderen sind das schon zwölf in diesem Quartal.

So viele Opfer kann nicht mal ich spurlos verschwinden lassen!

Du kennst meine Antwort.

Tristan ist mein Blut. Ich werde ihn bis zum letzten Tropfen verteidigen.

Wir haben eine Abmachung, Brayden! Tristan hält sich nicht daran.

Er treibt dieses Spiel jetzt schon seit Jahren mit dir und du lässt ihm alles durchgehen! Du hast längst keine Macht mehr über ihn!

Ich kümmere mich um Tristan. Du willst doch eine weitere Auseinandersetzung genauso wenig wie ich.

Rück ihn raus oder ich hole ihn selbst, koste es, was es wolle.

Du weißt, wie das jedes Mal endet.

Gib mir ein paar Nächte, dann nenne ich dir die Namen.

Nächte?! Brayden! Verarsch mich nicht!!

Du hast mein Wort, Alfred.

Du solltest doch am besten wissen, was das heißt.

... nach Hause!!

Ich will nur nach Hause!!!

Luca, das geht nicht. Die glauben doch alle, du seist tot!

Don't!

Luca!!!

SWAAAA

Aber sie ist doch jetzt meine Schwester. Ich muss auf sie achtgeben!

DU BIST ZU GUTMÜTIG FÜR DIESE WELT, UNDINE.

Auch Brayden hat gemeint, wir sollten...

SPRUNG

Ich muss nach Hause! Ich halt das nicht mehr aus!!
DAPP
PIEEEP
Luca??
SCHNIEF
Yes!
Ich weiß.
Ich kann sie auch riechen! Ich sehe sie mir aus der Nähe an!
DAPP
JA, ICH BIN GLEICH DA, SCHATZ!
BEEIL DICH! DIE VORSTELLUNG FÄNGT GLEICH AN!
TÖÖÖÖÖÖÖ
HACH
HACH
WOLLEN WIR NOCH ZUM ITALIENER?
AU JA!
Oh Mann... Ich kann keinen Schritt mehr laufen...
HACH
Ich habe so einen... wahnsinnigen Durst...

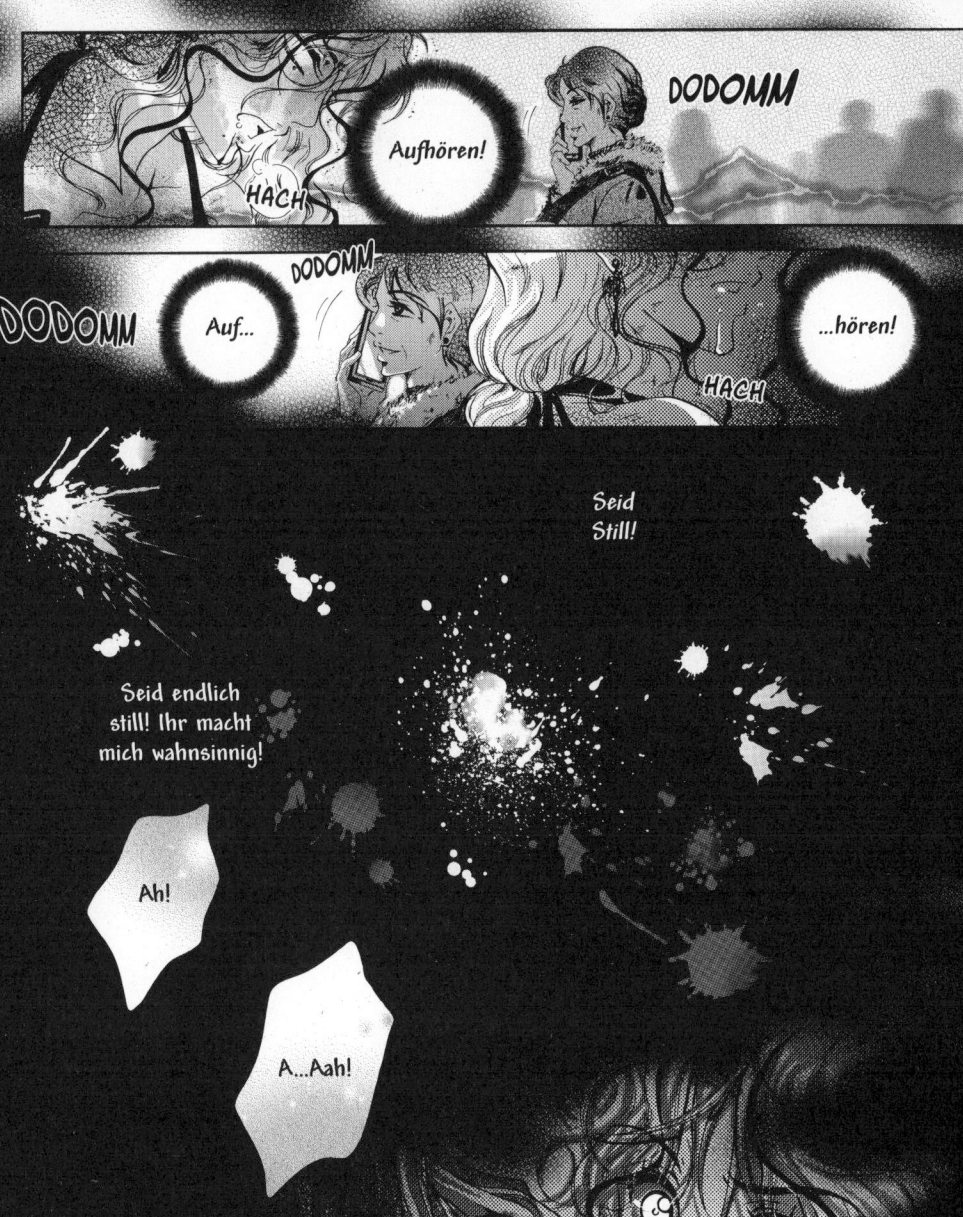

WER IST DAS?
Wann?
Wie?
Oh Gott! Was hab ich getan?
Scheiße! Scheiße!
WUSCH
BATZ
Oh nein!!! Erste Hilfe! Erste Hilfe!
KEUCH KEUCH
Ah!
Wie... bin ich denn in diese Gasse? Habe ich die Frau hierher...?
Ah!!
Als würde das pure Leben durch mich hindurchfließen!
Das Blut dieser Frau ist in meinem Körper!
BODOMM

MEHR DAVON!
MEHR BLUT!!
HACH
HACH
MEHR... VON DIESEM WUNDERVOLLEN GEFÜHL!
Nein!!
Nein!!
Das darf ich nicht! Ich muss... Hilfe holen!
BOFF
Au!

DU bist es also...
Du... stinkst nach Tod!
GRRRR
ZUCK
N... Nein!
Sie... lebt noch!
Ich hab nur...
Ich wollte nicht!! Ich... verstehe nicht, was ich hier tue!
Bitte! Helfen Sie ihr! Helfen Sie mir!!
Ich... bin kein Tier!!!
PACK
Ich will...
... kein Tier sein!!!
IRRITIERT
SCHNIFF
Er... riecht so... vertraut...
Wie sein Blut wohl schmeckt?
HACH

LIED 3:

»Es war, als hätt' der Himmel
Die Erde still geküsst,
dass sie im Blütenschimmer
von ihm nur träumen müsst'.«

Mit ihm fühle ich mich lebendig...

... auch wenn ich immer mehr abhängig von ihm werde...

Ah...

Luca...

... spürst du es?

Wir sind eins!

Ja.

Ich habe große Angst, aber nicht in seiner Gegenwart...

ssSCH

UHH!

Oh, Luca...

Vielleicht erlaubt Brayden es dir ja, wenn du es ihm so sagst? Wollen wir ihn zusammen fragen?

HEY! REDET IHR ETWA ÜBER UNS?

FRAG IHN LIEBER ALLEINE... IM BETT.

JA, DA VERSPRICHT DIR EIN MANN ALLES!

ACH, FICK DICH DOCH! WANN HAB ICH DENN JE SCHLECHT ÜBER DICH GESPROCHEN?

WANN? IN JEDEM ZWEITEN STATUS AUF FACEBOOK!

Wir reden doch immer nur über euch!

Ist auch mal was Gutes dabei?

...

Ellie und Andreas. Seit 25 Jahren frisch verliebt!

HOPP

PRUS

FRECHHEIT! HEUTE KANNST DU ALLEINE SCHLAFEN!

ELLIE! WARTEEE!

Und du bist dir ganz sicher?

Ja.

Sie könnten alle weiterleben, du müsstest mir nur Tristan über-lassen.

Nein.

SCHNIEF

Fein.

Du hörst von mir.

Ihr Blut stinkt zwar wie London in den Klauen der Pest...
RITSCH
... aber das macht die Sache umso interessanter!
Ich werde...
Du, Mylord...
SWUSCH
... wirst diesmal nur zuschauen.
Alfred!

Fütterungszeit!

Brayden hat wieder Blut für dich dagelassen...

Dann würde sich das Band zwischen dir und Brayden nicht mehr erneuern und ihr könntet nicht mehr zusammen träumen...

Was, wenn ich es nicht trinke?

Dann will ich es nicht.

As you wish!

CHEERS

HACH

Sein Blut ist immer noch das beste...

Und jetzt lass mich in Ruhe!

Du bist ja immer noch sauer auf mich...

Hm... und wenn ich dir die Antworten gebe, die du suchst? Bin ich dann meine Schuld los?

?!

Natürlich bin ich das!!

Haha! Du bist echt leicht zu durchschauen!

Also pass auf!

Wenn ein Vampir einen anderen erschafft, geht ein Teil seiner Kraft auf den Erschaffenen über.

Dieser Teil ist für den Schöpfer unwiederbringlich verloren – und damit ein Stück seiner Ewigkeit.

Jedes Wesen besteht letztendlich aus Energie, und wenn wir sterben, geht die Energie verloren oder kehrt zu ihrer Quelle zurück.

Das kannst du so religiös oder wissenschaftlich verstehen, wie du möchtest.

Die Menschen besitzen eine natürliche Energie, die mit ihrem Tod verschwindet.

In uns Vampiren pulsiert noch eine andere, fremde Energie, die über den natürlichen Tod hinausgeht.

Sie ist in uns gefangen und kann nur überleben, wenn wir sie füttern – in unserem Fall mit der natürlichen Energie, die im Blut verweilt.

Und was ist diese »fremde« Energie?

Keine Ahnung, ich weiß nur, dass sie von oben kommt.

Wie?

Once upon a time...

... die Erde war noch ganz jung, da schufen die allmächtigen Götter nach überirdischen Brainstormings den Menschen, das perfekte Haustier für die Schöpfer allen Lebens.

Aber dann vereinte sich eine Gruppe von selbst ernannten Rettern unter dem Banner des Wolfes, um die Menschheit aus der Herrschaft der Götter zu befreien.

Und seitdem bemühen sie sich ununterbrochen darum. Sie hatten erstaunlich viel Erfolg dabei und sind mittlerweile leider in der Überzahl.

Lästige Biester sind das.

Ihre Mitglieder sitzen in den Vorständen großer Konzerne, in der Politik, kirchlichen Organisationen und in Geheimbünden.

Sie sind eine Plage... Seit ich denken kann, folgt uns ein Rudel quer um den Globus. Hier in Köln ist es auch nicht anders.

Aber keine Sorge, sie sind nicht besonders clever.

Brayden handelt zwar immer wieder lächerliche Friedensabkommen aus, aber die halten nie lange.

Die Stadt gehört Werwölfen?

Ich stehe seit Jahrzehnten ganz oben auf ihrer Abschussliste. And well, here I am!

Er ist eh der Einzige, der das ernst nimmt...

LUCA, BIST DU AUF DEM DACH?

MAGST DU SHOPPEN GEHEN?

Ach ja, zum Thema Freund-schaft!

Ein Freund würde dich jetzt daran erinnern, dass du das Gelände zu deiner eigenen Sicherheit nicht ver-lassen solltest...

Ich bin der Ansicht, du wirst schon wissen, was du tust. Ich werde mich jetzt umdre-hen und gehen...

... und so tun, als wüsste ich nicht, dass du trotz Braydens Verbot deine Familie aufsuchen willst. Wird dein Problem nicht lösen, aber was soll's.

Auch wenn du mich nicht magst, ich helfe dir jederzeit gern. Geschwister müssen doch zu-sammenhalten!

KLACK

Nur der Rhein trennt mich von zu Hause. Ich müsste nur über eine der Brücken laufen...

Aber sie haben Recht. Ich kann nicht mehr nach Hause...

Ich bin auch zu einem Monster geworden. Ich habe diese Frau gebissen... habe ihr Blut getrunken!

Ich kann weder meine Familie noch meine Freunde der Gefahr aussetzen, die von mir ausgeht... Ich will nicht, dass sie mich so sehen... dass sie mich verabscheuen und hassen...

Aber... bedeutet das, dass ich nun bei diesen Vampiren bleiben muss? Bei Brayden...?

L...
Luca...
Ich bin Alfred.
Mist. Er muss mich für völlig verrückt halten... nachdem ich ihn beißen wollte...
I'm sorry. Für gewöhnlich erschrecke ich beim Joggen niemanden. Wirklich.
Luca also. Ein schöner Name.
Es ist nichts mehr zu hören. Tristan... dieser...! Und ich fall auch noch auf sein Märchen rein!
Das war also er?
HEY!
WAS FÄLLT DIR EIN?!
Lass mal sehen!
Hey, warte. Du bist doch hingefallen!
PAT
PAT
Äh...
So leid es mir auch tut, du solltest jetzt runter von mir.
T...TUT MIR LEID! SOFORT!

Was??

Ich verstehe, wenn du nicht gleich Ja sagst. Wir kennen uns ja kaum.

Wir kennen uns gar nicht!

Right.

Das müssen wir unbedingt bei einem Drink nachholen!

Hm... Brayden würde das sicher nicht erlauben...

Und ich habe keine Ahnung, wer dieser Mann ist.

Aber vielleicht ist das hier eine zweite Chance für mich.

Ich will nichts mehr verpassen oder bereuen müssen! Ich will endlich frei sein!

Ich will kein zweites Leben, das wieder nur mit Regeln, Verboten und Verzichten gefüllt ist.

Und wenn er was versucht, sauge ich ihn einfach aus! Basta!

Heißt das ja?

Ja!

TIP
TIP

TIP

SWAAA

LIED 4:
»O welche Lust,
in freier Luft
den Atem leicht zu heben.
Nur hier, nur hier ist Leben.«

D...Diese Schattenfrau wieder...!

DODOMM
DODOMM

HACH
HACH

DODOMM
DODOMM

M...Mein Herz... Wieso schlägt mein Herz so schnell?

D...Das war keine Statue! Das war... diese Frau!

Ist das Laura?!

SCHAUKEL

DODOMM

MMH

Wake up, Sleeping Beauty.

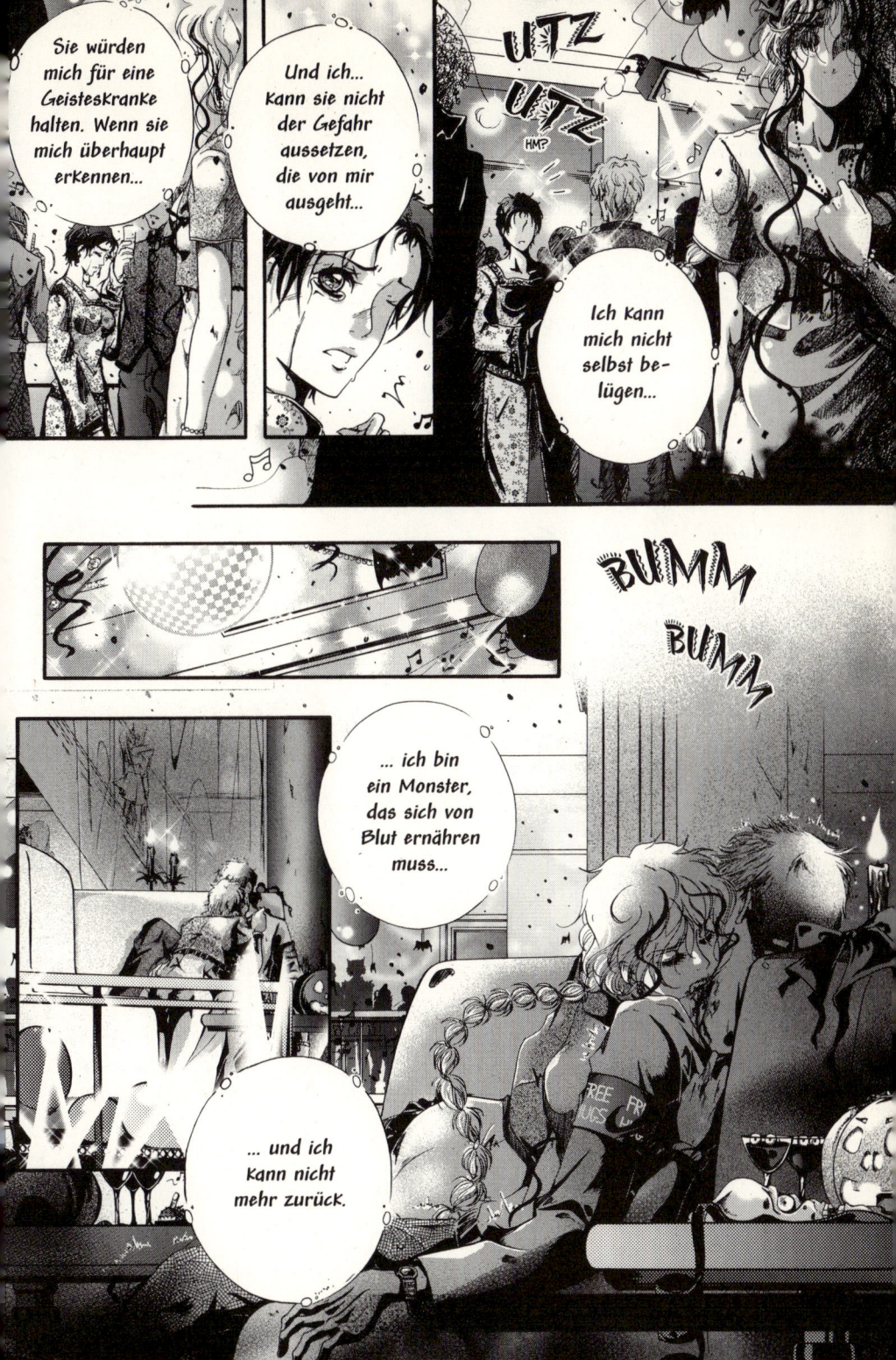

Luca...

Ich mag dich!

HUUUUUII

ball-Lounge

POLIZEI

Fuck!

Die ganze Scheißstadt stinkt nach Wölfen!

Ah, Ellie ist tot! Sie... haben ihr den Kopf abgerissen!

Sie... wussten genau, wie sie uns kriegen!

Wenn sie Undine etwas angetan haben, dann...!

Tristan!! Hier bin ich!

Das war alles geplant!

Undine!

Was war
das?

SWUSCH

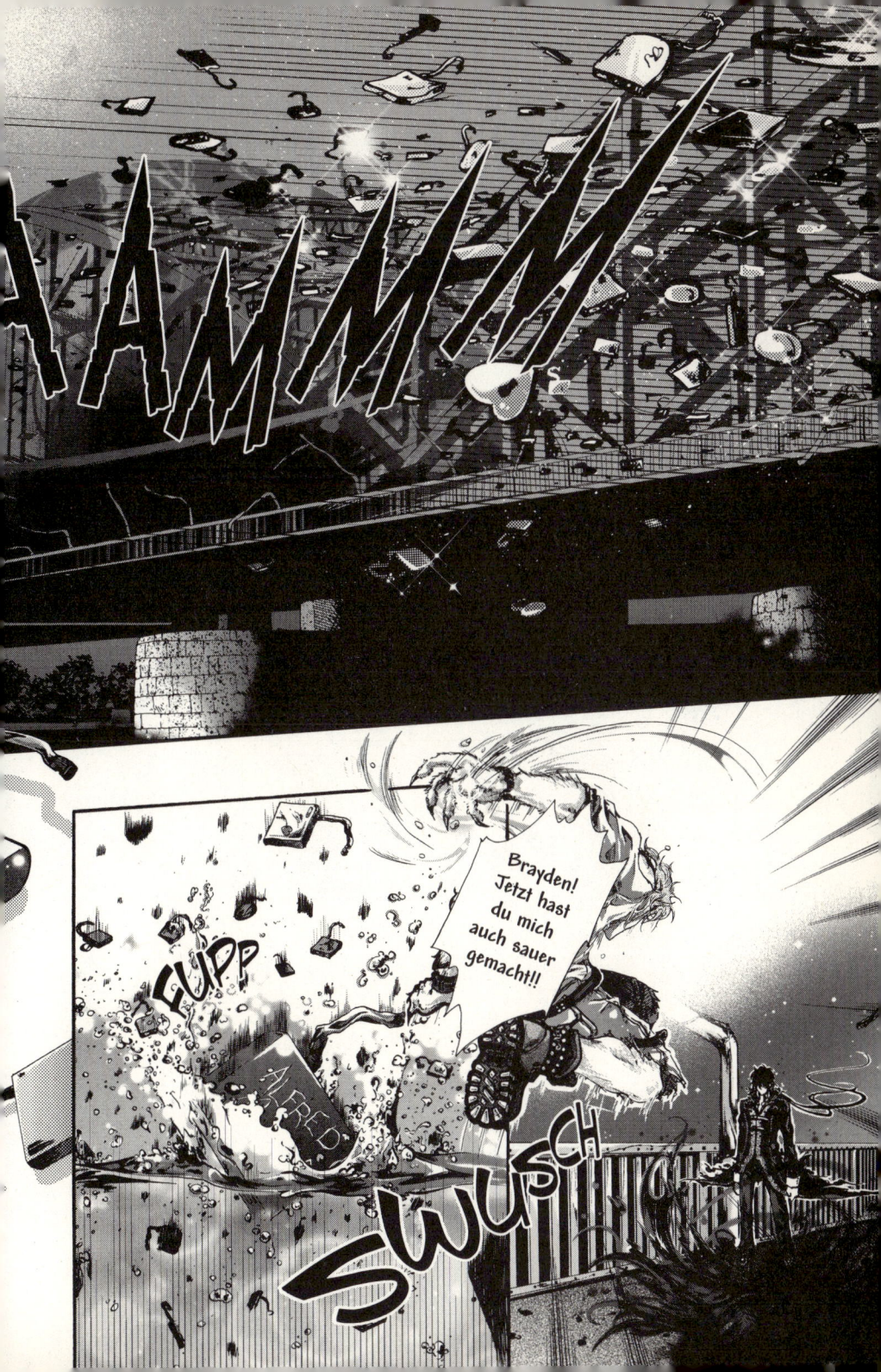

SWAAA

GROAR

... um diesen Vampir auszu-schalten!

BUSCH

Uargh!

GRRR

JAUL

Uh...

JAUL

THROOSH

GRrr

SWUSCH
JAUL
Die Wölfe...
... werden von den Schatten verschlun-gen!
WINSEL
KAWAPP
JAUL
Verflucht, Brayden.
Du hast ge-schworen, die Schatten nie wieder gegen lebende Wesen einzusetzen!
SWOOO
Wenn du...
... deine Verspre-chen brichst...
... dann breche ich meine auch.

LIED 5:

»HERZ, MEIN HERZ, WAS SOLL DAS GEBEN?
WAS BEDRÄNGT DICH SO SEHR?
WELCH EIN FREMDES NEUES LEBEN!
ICH ERKENNE DICH NICHT MEHR!«

Paris

Salve, Bruder!

Salve.

Leila schickt mich. Sie hat große Sehnsucht nach dir.

Und wir sollen ihr Brayden bringen.

Hm...

Ist das der Grund, warum du seit Monaten nicht mehr zu Hause warst?

Sie heißt Babette.

HACH

Ihre Gesellschaft ist sehr angenehm... süßer als jedes Blut der Welt. Vielleicht behalte ich sie...

Unser Bruder hat wieder einen neuen Vampir erschaffen.

Leila will nicht länger mitansehen, wie er sein Blut vergeudet. Wir sollen seine gesamte Brut vernichten und ihn zu ihr bringen. Was immer sie dann mit ihm vorhat.

Leila wird sicher begeistert sein.

...

Was will sie von Brayden?

Ich dachte, sie hätte sich damit abgefunden, dass er nicht an ihr klebt wie du, Thaddeus...

Nun... so ist das, wenn man nicht nach den Regeln spielt.

HM?

Urs?

Babette...

Ich wünschte,
alles wäre
anders ge-
kommen...

YAAAAA!

Also...

... wo ist
Brayden?

KLYAAH

SWAAAH

BRAYDEN!

Ah!

Hilft es dir, wenn du von mir trinkst? Und wenn es nur ein biss-chen ist, ich...

Und du musst erst halb krepieren, um dich wie ein halbwegs normaler Mensch zu verhalten?!

Du wirst ja richtig panisch... Du bist süß, wenn du dir Sorgen machst...

...

Es... wird schon. Nur eine Sekunde...

Ich war noch nie gut in so zwischen-menschlichen Dingen...

Ich will diese zweite Chance, Tristan...

Und ich werde nicht für deine Macht-fantasien darauf verzichten!

Prin-zessin, du enttäuschst mich.

Hast du schon vergessen, wer dich danach mit deinen Ängsten allein-gelassen hat?

Wie oft hat er dich allein-gelassen? Wie viele von uns hat er an die Wölfe ver-kauft?!

Ich und Undine haben uns um dich gekümmert.

Wir sind deine Freunde!

LUCA, BITTE!

Und wir drei sind Braydens Blut!

Und wir sind mehr als eine Familie, wir sind aufeinander angewiesen!

Wir... müssen zusammen-halten!

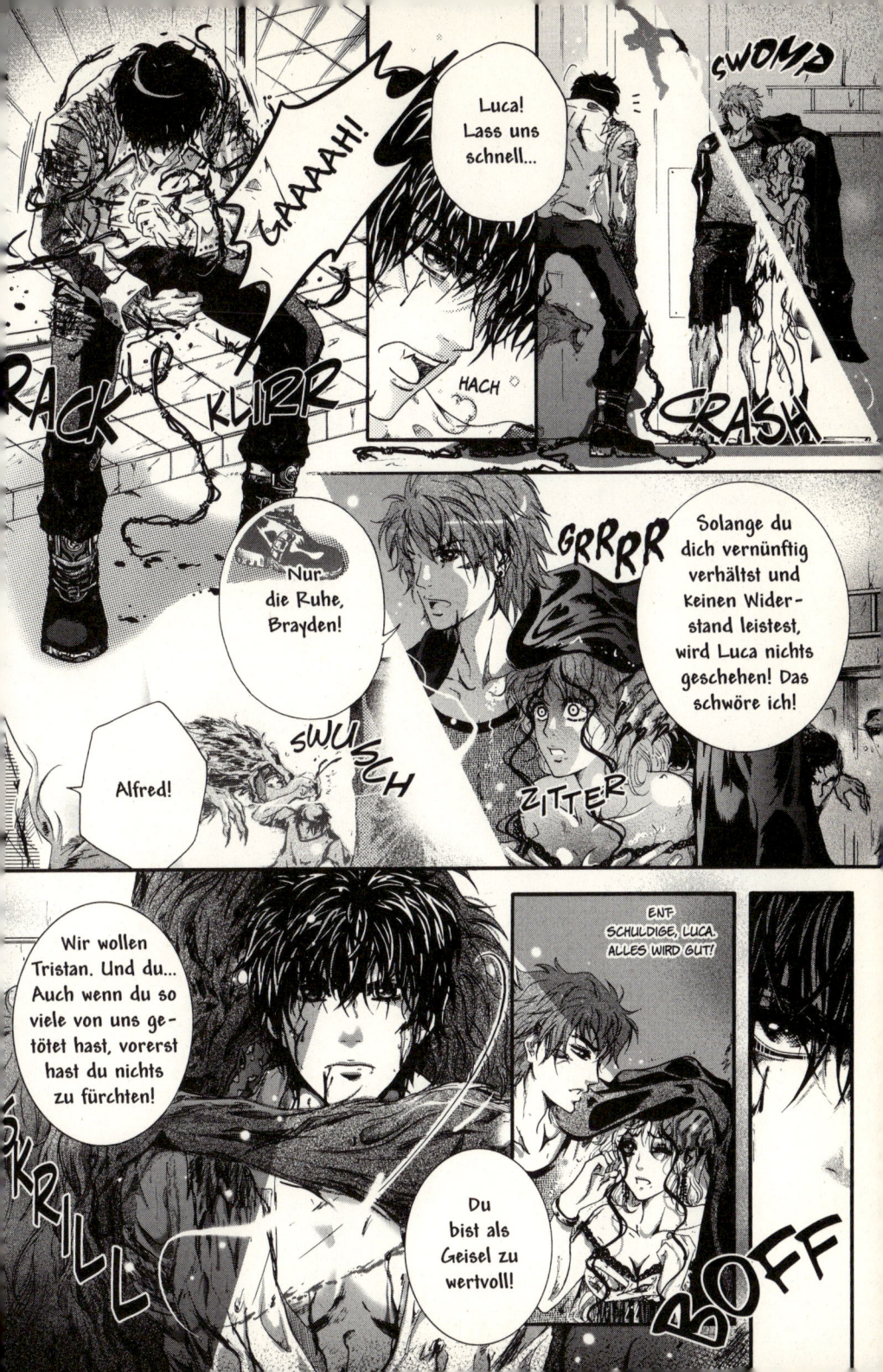

Schattenarie 1 - *Encore Edition* - **Ende**

Liebe LeserInnen!

Herzlichen Dank, dass ihr die überarbeitete Neuausgabe von SCHATTENARIE lest!
Seit der Erstveröffentlichung von Band 1 sind inzwischen acht Jahre ins Land gezogen, in denen wir uns anderen Projekten gewidmet und viele neue Erfahrungen gewonnen haben. Noch einmal zu Luca, Brayden, Alfred und ihrer Geschichte zurückzukehren und das eine oder andere für die Neuausgabe aufzupolieren, war ein spannendes Erlebnis, für das wir uns ganz besonders bei unserem Redakteur Kai-Steffen Schwarz und dem CARLSEN MANGA!-Team bedanken möchten!
Darüber hinaus möchten wir uns auch noch einmal bei unseren Erstausgaben-Redakteuren Michael Cheng und Jonas Blaumann sowie bei unseren damaligen Assistentinnen Kamineo, Maria Hecher und Angel Dettlaff bedanken, die uns alle tatkräftig unterstützt haben.
Auf dieser Doppelseite seht ihr das SCHATTENARIE-Charakterensemble. Dazu gibt es hier jetzt noch wie in der Originalausgabe eine Liste von Liedern und Texten, die wir auf den Kapitelcovern und in zentralen Szenen zitieren:

Gesang in der Schattenwelt: »Va, pensiero, sull'ali dorate« aus Nabucco von Guiseppe Verdi,
Libretto: Temistocle Solera
Lied 1: »Totentanz« von Hugo Distler nach dem Cherubischen Wandersmann von Angelus Silesius
Lied 2: »Widmung«, Op. 25 no. 1 von Robert Schumann, Gedicht: Friedrich Rückert
Lied 3: »Mondnacht« aus dem Liederkreis Op. 39 von Robert Schumann, Gedicht: Joseph von Eichendorff
Lied 4: »O welche Lust« aus Fidelio von Ludwig van Beethoven, Libretto: Joseph Ferdinand von
Sonnleithner, Stephan von Breuning und Georg Friedrich Treitschke
Lied 5: » Herz, mein Herz, was soll das geben« aus »Neue Liebe, neues Leben« von
Johann Wolfgang von Goethe

Luca
† 21. Jh.
Herkunft: Deutschland

Tristan
† 17. Jh.
Herkunft: Wales

Undine
† 18. Jh.
Herkunft: Brandenburg

Urs
†: 3. Jh. v. Chr.
Herkunft: Alexandria

Leila
†: ?
Herkunft: ?

Brayden
†: 15. Jh.
Herkunft: England

Thaddeus
†: 3. Jh.
Herkunft: Byzanz

Laura
†: 16. Jh.
Herkunft: Irland

*Wir freuen uns, wenn ihr Spaß mit
der Neuausgabe habt und uns online oder bei Events besucht!*

Anne & Zofia

Fortsetzung folgt in Band 2!

DÄMMERUNGSBELLEN

Seit zwei geschlagenen Stunden saß Alfred beinahe regungslos an seinem Schreibtisch und starrte auf den Bildschirm seines Laptops. Er hatte die Ellenbogen auf die Tischplatte gestützt und seinen Kopf in beide Hände gelegt. Draußen war es längst hell geworden. Durch die nicht ganz zugezogenen Vorhänge schien ein gräuliches Licht ins Zimmer und kündigte einen regnerischen Tag in der Domstadt an.

Alfred wollte nach der Nachtpatrouille eigentlich nur noch ins Bett. Aber als Rudelführer und Ratsmitglied der Werwölfe gehörte es zu seinen Pflichten, Akten über die Vampire anzulegen. Für gewöhnlich übertrug er diese Aufgabe anderen Wölfen. Doch heute Morgen ging es um Luca, Braydens jüngste Schöpfung. Und Alfred hatte alles, was Brayden betraf, zur Chefsache erklärt. Also brütete er angestrengt über der neu angelegten Vampirakte, in der Lucas Hintergrundgeschichte dokumentiert und ihre Gefährlichkeit eingestuft werden musste. Gerade hatte er seine Finger zum gefühlt tausendsten Mal zurück auf die Tastatur gelegt, als es an der Tür klopfte.

„Alfred?", hörte er die Stimme von Katja, seiner tatkräftigsten und ranghöchsten Werwölfin. „Severin ist hier."

Erleichtert über die willkommene Unterbrechung speicherte Alfred schnell die Datei und schloss das Programm. „Komme", rief er hinaus und griff beim Aufstehen nach einem Aktenkoffer, der neben dem Schreibtisch bereitstand. Sein Kreislauf dankte ihm den andauernden Schlafentzug prompt mit einem leichten Schwindelgefühl, das ihn bei seinen ersten Schritten taumeln ließ. Alfred hoffte inständig, durch ein bisschen Bewegung seinen toten Punkt zu überwinden.

„Hast du immer noch nicht geschlafen?", fragte Katja, kaum dass er die Tür seines Arbeitszimmers geöffnet hatte. Die Wölfin hielt ihr kurzes, hellbraunes Haar mit einem Band im Zaum und trug einen schwarzen Overall.

„Wo ist er?", blockte Alfred die Frage mit einer Gegenfrage ab, ohne seine Schritte Richtung Treppenhaus zu verlangsamen.

Zu seiner Erleichterung bohrte Katja nicht nach, sondern schloss sich ihm an und erwiderte: „Er wartet unten vor Quarantäneraum fünf."

Alfred nickte und ging voraus in die Kellerräume des riesigen Gebäudekomplexes, der den Werwölfen aus Köln und Umgebung als Wohnort und Hauptquartier diente. Im unterirdischen Teil befanden sich neben der Tiefgarage die medizinischen Versorgungsstationen und speziell gesicherte Trainings- und Quarantäneräume. Letztere dienten zuweilen auch als Gefängnis für vampirische Gäste, auch wenn die Patrouillen in den vergangenen Jahren keinen einzigen Kölner Vampir mehr aufgegriffen hatten. Alfred hatte häufig versucht, Brayden davon zu überzeugen, ihm Tristan als Dauergast zu überlassen – vergeblich. Hauptzweck der Räume war es indes, zukünftige Werwölfe vor sich selbst zu schützen – so auch dieses Mal.

Der Auserwählte war ein junger Mann namens Severin. Er entsprang einer traditionsreichen Kölner Werwolfsfamilie, die Alfred seit sechs Generationen treue Dienste leistete. Severin war jetzt zwanzig Jahre alt und wie gewohnt sollte das Schicksal entscheiden, ob er würdig war, ebenfalls zum Beschützer der Menschheit zu werden.

Entsprechend nervös war der junge Mann, der in Trainingshose und T-Shirt vor der Tür des Quarantäneraums Nummer fünf auf und ab lief. Als er Alfreds und Katjas Schritte hörte, fuhr er aufgeschreckt herum.

„G...Guten Morgen!", presste er hastig hervor und versuchte vergeblich, seine schweißnasse Hand unbemerkt an seinem bereits klammen Shirt abzuwischen, bevor er sie Alfred zitternd entgegenhielt.

„Guten Morgen", grüßte Alfred mit einem freundlichen Lächeln zurück, während er die Tür mit einem Sicherheitscode öffnete. Er überließ es Katja, Severins Hand zu schütteln. Quarantäneraum fünf hatte keine Fenster und war äußerst spartanisch eingerichtet. In einer Ecke des Raumes lagen eine saubere Matratze und frisch bezogenes Bettzeug. In der anderen war eine Toilette in den Boden eingelassen, an der Wand daneben ein schmuckloses kleines Waschbecken – auch hier gab es keine frei liegenden Rohre. Aus einer Neonröhre in der Decke strahlte warmes rotes Licht herab und eine Klimaanlage schickte immer wieder kühle Luft in den Raum. Alfred hätte sich am liebsten sofort zum Schlafen auf die Matratze gelegt.

„Was passiert jetzt genau?", fragte Severin verunsichert, während Alfred den Aktenkoffer öffnete und auf dem Waschbecken abstellte. „Werde ich jetzt gebissen?"

„Das wäre primitiv und barbarisch", kommentierte Alfred nüchtern und deutete auf den Infusionsbeutel mit dunkelroter Flüssigkeit, der im Koffer neben Punktions- und Infusionsutensilien lag. „Mehr als ein Pieken spürst du nicht. Die nächsten drei oder vier Tage bleibst du hier und wir beobachten dich. Wenn das Blut anschlägt, wirst du dich in diesem Zeitraum zumindest teilweise verwandeln und wir beginnen mit deinem Training. Wenn nicht, überlegen wir, ob wir dir mehr verabreichen."

„Haben dir das deine Eltern nicht erklärt?", fragte Katja verwundert.

„Doch, doch!", erwiderte Severin schnell und wurde dann immer leiser: „Aber ... meine Brüder haben mir halt so Sachen erzählt, und da wollte ich ..."

Katja lachte herzlich. „Oh, ich erinnere mich! Rasmus konnte sich nach der Infusion für eine Woche vor Schmerzen kaum bewegen. Und Frederick hat kurz darauf gekotzt und sich bei seiner ersten Verwandlung in die eigene Hand abgebissen ..." Sie klopfte Severin auf die Schulter und krempelte den rechten Ärmel seines T-Shirts hoch. „Es kann alles Mögliche passieren", fuhr sie fort und holte sich Handschuhe, Desinfektionsmittel und Tupfer aus Alfreds Koffer. „Schwindelgefühl, Erbrechen, Muskelschmerzen – setz dich bitte."

Severin gehorchte. Sein Gesicht war wie versteinert und Alfred kam nicht umhin, bei seinen weit geöffneten braunen Augen, dem nicht gänzlich geschlossenen Mund und dem zerwühlten dunkelblonden Haar an einen ausgesetzten Welpen zu denken.

Katja zog sich die Handschuhe über und desinfizierte seine Armbeuge. „Blutungen, spontane teilweise Verwandlungen ... Aber deshalb bist du ja hier."

„Und gestorben ist bei dieser Methode noch niemand", fügte Alfred hinzu und ermahnte Katja mit einem kurzen strengen Blick zu mehr Feingefühl.

Erst diese Information ließ Severin entspannen und tief durchatmen. „Okay", murmelte er kleinlaut – mehr zu sich selbst als zu den beiden Werwölfen.

„Gut, fangen wir an." Katja trat erneut an Alfred heran und wandte Severin somit den Rücken zu. „Ich mach das", flüsterte sie und griff nach dem Koffer.

Alfred biss die Zähne aufeinander und rang um Fassung. Er war eine geduldige Seele und ließ sich für gewöhnlich nicht leicht provozieren. Unnötiges Dominanzgehabe war ihm zu wider. Er hielt es eher für ein Zeichen von Antiquiertheit und Unsicherheit als von wahrer Stärke. Doch jetzt brannte die Müdigkeit in seinen Augen, verzerrte seine Wahrnehmung und vernebelte seinen Verstand. Sein innerer Wolf fühlte sich von Katja bevormundet und herausgefordert. So musste Alfred nun angestrengt gegen das Bedürfnis ankämpfen, Katja vor dem angehenden Jungwerwolf in die Schranken zu weisen, um das Machtgefüge klarzustellen. Es hätte keine Sekunde gedauert, sich zu verwandeln, sie zu packen und zu Boden zu drücken. Aber das war ein rohes, instinktives Bedürfnis, das er noch mehr verabscheute als die unbegründete Mordlust vieler Vampire. Es war der Wille zur Selbstbeherrschung, der sie voneinander unterschied: Er machte Wölfe zu Beschützern. Und sein Fehlen machte Vampire zu Monstern. Doch es gab Augenblicke, in denen auch der eisernste Wille schwankte … Alfreds Gesichtsmuskeln verspannten sich, sein Puls beschleunigte, er atmete flacher und spürte, wie sich seine Kehle auf ein drohendes Knurren vorbereitete.

Doch gerade als sich seine Nackenhaare aufstellen und die aufgestaute Wut aus ihm herausplatzen wollte, griff eine warme Hand nach seinem Arm. Nicht plötzlich oder ruckartig, auch nicht zögerlich und vorsichtig, sondern langsam und bestimmt, mit sanftem Nachdruck.

Er hätte Katjas Hand unter Tausenden wiedererkannt. Sofort wich die Anspannung aus seiner Brust und ließ ihn für einen Augenblick andächtig staunen. Die zielsichere Reaktion der Wölfin war nicht nur das Ergebnis von guter Empathie und Auffassungsgabe, sondern beruhte auf Erfahrung, die über Jahrhunderte gewachsen war. Sie war ein Zeichen dafür, wie gut sie ihn kannte. Dass sie ihn schätzte und respektierte, bewies indes die Tatsache, dass sie ohne zu zögern von der Situation ablenkte: Während sie ihre beschwichtigende Geste gekonnt hinter dem vorgehaltenen Koffer vor Severins Augen verbarg, zählte sie dem jungen Mann mit heiterer Miene weitere mögliche Nebenwirkungen auf. Auch ihr Blick blieb bei dem Nachwuchswerwolf und streifte Alfred nicht ein einziges Mal.

Die Bestätigung, dass sie nach wie vor ein eingespieltes Team waren, vertrieb Alfreds finstere Gedanken und ließ ihn leise durchatmen. Je länger er darüber nachdachte, desto kindischer und unbegründeter erschien ihm sein Verhalten. Im Gegensatz zu den Vampiren waren die Werwölfe am Ende eine echte Einheit. Auch wenn es ehrgeizige Persönlichkeiten in ihren Reihen gab, wurde die Rangordnung eines Rudels selten in Frage gestellt. Ihre Aufgabe war wichtiger als das persönliche Streben und bildete das unerschütterliche Fundament der Gemeinschaft. Alfred schluckte den letzten Rest Ärger gemeinsam mit einem unterdrückten Gähnen herunter. Kurz rieb er sich mit einer Hand über die Schläfen, bevor er sich wieder an den jungen Mann wandte: „Severin, Katja wird sich gut um dich kümmern. Sie wird auch deine Ausbildung übernehmen."

„Ich bleib bei dir, bis du es überstanden hast", versprach Katja dem jungen Mann milde lächelnd, während sie ihre Hand von Alfreds Arm zurückzog. „Danke für deine Zeit, Alfred."

Alfred nickte, während er überlegte, ob er sich nicht etwas zu leicht hatte beschwichtigen lassen, ging dann aber ohne ein weiteres Wort zur Tür.

„Danke!", platzte es plötzlich aus Severin heraus und Alfred wandte sich noch einmal herum und setzte das freundlichste Lächeln auf, das seine Müdigkeit zuließ.

„Bedank dich, wenn es vorbei ist und es dir gut geht."

Acht Stunden später klingelte ihn Katja per Handy aus dem Schlaf, um zu berichten: Severin war bereits nach einer knappen halben Stunde nahezu vollständig zum Wolf geworden und es hatte vier Stunden und eine gebrochene Nase gebraucht, um ihn so weit zu beruhigen, dass er sich zurückverwandeln konnte. Jetzt hatte er – neben dem langsam verheilenden Bruch – vor allem eines: einen unbändigen Hunger. Ein gutes Ergebnis, das ein starkes neues Rudelmitglied verhieß. Immer noch schlaftrunken angelte Alfred nach seinem Tablet-PC auf dem Nachttisch und loggte sich in die Werwolfsdatenbank ein – um schmunzelnd festzustellen, dass Katja Severins Akte bereits angelegt hatte. Angespornt durch ihre Loyalität und ihr Pflichtbewusstsein nahm Alfred sich vor, endlich Lucas Profil auszuformulieren – nach einem ausgedehnten Frühstück.

ſ

Leise summend schlenderte Alfred über die menschenleere Domplatte und sah nach Osten, wo allmählich der Morgen graute. Alles in allem waren die letzten Nächte ruhig und erfolgreich gewesen: Zwar hatte Brayden erneut abgelehnt, ihm Tristan auszuliefern, aber dafür würde es in Köln bald fünf Vampire weiniger geben, ohne dass auch nur ein Wolf dabei zu Schaden kam. Hinter Alfreds guter Laune steckte jedoch etwas ganz anderes: Er hatte Luca wiedergesehen. Er hatte zwar nur kurz mit ihr sprechen können, aber er war sich nun sicher, zu wissen, wie sie tickte. Und irgendwie gefiel ihm, wie sie tickte. Auch wenn ihn eine kleine innere Stimme mahnend daran erinnerte, dass es immer noch in erster Linie darum ging, Brayden zu ärgern ... oder nicht? Alfred versuchte vergeblich, seinem immer breiter werdenden Grinsen Herr zu werden. Was auch immer es war, es machte seine Schritte angenehm leicht. Es sorgte dafür, dass seine Gedanken nicht mehr ausschließlich darum drehten, sein Rudel und die Menschen zu schützen und gleichzeitig den Kontakt zu Brayden zu halten. Endlich ging es nicht mehr nur um Gefahr und Vernichtung. Es war eine angenehme, willkommene Abwechslung.

Im Schatten des Doms richtete er den Kragen seines Mantels auf, um sich gegen den zunehmenden Wind zu schützen und machte sich auf den Heimweg zum Hauptquartier. Gerade als er das Zeughaus passierte, vernahm er das vertraute Kratzen von Wolfskrallen auf dem Asphalt. Als er sich dem Geräusch zuwandte, deutete bereits nichts mehr darauf hin, dass Katja und Severin vor einem Augenblick noch Wölfe gewesen waren.

„Hallo, Alfred", begrüßte ihn Katja.

„Guten Morgen", grüßte er zurück. „Wie war's?"

„Er macht sich gut", lobte sie den jungen Werwolf, während sie ihren Heimweg gemeinsam fortsetzten.

Severin schüttelte entschieden den Kopf und betonte: „Ich hab 'ne gute Lehrerin!"

„Das stimmt", kommentierte Alfred und schmunzelte darüber, dass Katja mit einer Mischung aus Bescheidenheit, Stolz und Verlegenheit den Kopf leicht in den Nacken legte und mit den Augen rollte.

„Darf... Darf ich was fragen?" Severin sah zögerlich und neugierig zu Alfred auf.

„Sicher."

„Wir sind doch in der Überzahl, oder?", begann der junge Werwolf und nahm sichtlich seinen Mut zusammen. „Wieso töten wir die Vampire dann nicht einfach?"

„Weil das absolut bescheuert wäre", erwiderte Alfred barsch und ließ Severin eingeschüchtert einen Schritt zurückweichen. Doch zu seiner Überraschung währte Severins Scheu nur kurz:

„A...Aber sie müssen ihr Versteck doch irgendwo auf der anderen Rheinseite haben, oder? Und so groß ist Köln doch auch wieder nicht!"

„Der Klan gehört zu einem Vampir namens Brayden", erläuterte Katja und suchte in Alfreds Blick nach Zustimmung, bevor sie fortfuhr: „Er gehört zu einer mächtigen alten Vampirblutlinie, der wir seit Jahrhunderten auf der Spur sind. Wenn wir Brayden und seinen Klan vernichten, verlieren wir diese Spur."

„Sie greifen Nacht für Nacht Menschen an!", gab Severin beharrlich zu bedenken.

„Wenn wir sie angreifen würden, gäbe es noch mehr Tote." Katjas Ton wurde rauer.

Alfred ahnte, dass dies den jungen Mann wenig zufriedenstellte. Er blieb stehen und musterte den jungen Werwolf eine Weile, bis dieser unsicher einen kleinen Schritt rückwärts machte. „Severin, glaub mir, wir werden die Vampire vernichten", sprach er dann mit fester Stimme, die keinen Zweifel an seinen Worten zuließ. „Aber wir müssen das Übel an der Wurzel packen, sonst werden wir zu viel verlieren. Deine Eltern haben sich Zeit ihres Lebens dem Schutz der Menschen gewidmet. Viele deiner Vorfahren sind für ihren Schutz gestorben. Wenn wir jetzt vorschnell handeln, wären ihre Opfer umsonst gewesen."

Und tatsächlich nickte Severin einsichtig. „Es ... ist nur schwer, einfach zuzusehen", murmelte er kleinlaut.

Alfred lächelte versöhnlich und klopfte ihm auf die Schulter. „Ja ... Ich weiß."

ꝑ

Leise schloss Alfred die Tür seines Appartements hinter sich und trat auf den leeren Flur hinaus. Eine innere Kälte ließ ihn frösteln. Mehrmals rieb er seine Hände aneinander und drückte mit den Daumen gegen seine Fingerspitzen, doch das taube Gefühl wollte nicht weichen. Wann immer er versuchte, einen klaren Gedanken zu fassen, spukte doch nur wieder derselbe Satz durch seinen Kopf: Brayden war tot.

„Alfred?" Katja kam mit schnellen Schritten auf ihn zu. Aus ihrem Gesicht sprachen Verwunderung, Zweifel und Entsetzen. Als sie ihn erreichte, blieb sie stehen, stemmte die Hände in die Seiten und drückte die Schultern zurück. Alfred schwante Übles, als er beobachtete, wie sie sich langsam vor ihm aufbaute und offenbar sammelte.

„Also ... wer ist sie?", fragte sie schließlich und deutete mit einem Nicken auf die Tür zu Alfreds Appartement, in dem Luca friedlich schlief.

Für einen Moment schossen die wildesten Ausflüchte durch seinen Kopf. Am Ende entschied er sich für eine wahre, wenn auch unvollständige Antwort: „Sie gehört zu Brayden." Seine Mundwinkel zuckten unkontrolliert. Er konnte selbst nicht glauben, wie schwer ihm der Name über die Lippen kam.

„Brayden?" Katja ließ die Schultern fallen und seufzte tief. Ihre Enttäuschung war nicht zu übersehen, auch wenn Alfred nur raten konnte, von was genau sie enttäuscht war. Trotzdem rang sie sich ein verständnisvolles Lächeln ab. „Alfred, du ..."

„Es ist alles gut", versuchte er sofort zu beschwichtigen. „Es läuft alles nach Plan."

„Nach wessen Plan?" Katja war nicht überzeugt. „Dem des Rates oder deinem? Oder Braydens?"

„Katja, ich habe jetzt wirklich keinen Bock auf eine Grundsatzdiskussion", erwiderte Alfred und hasste sich dafür, dass er ihr auswich. Aber dies war weder der richtige Ort noch die richtige Zeit, um Katja sein Herz auszuschütten. Tristans Rebellion, Braydens Selbstopferung, zahlreiche tote und verletzte Werwölfe – es war genug für eine Nacht. Alfred kämpfte angestrengt gegen das widerliche Gefühl an, dass ihm die Situation über den Kopf gewachsen war. Er musste unbedingt die Kontrolle zurückgewinnen, bevor er dem Rat der Werwölfe Bericht erstattete ...

Katja musterte ihn schweigend und Alfred hätte sein Leben darauf verwettet, dass sie genau wusste, was in ihm vorging. Zu seinem Bedauern währte die Stille jedoch nur kurz: „Alfred, rede mit mir! Was hast du vor? Warum das alles?"

„Lass mir Luft zum Atmen, verdammt!", brach es wütend aus ihm heraus.

Katja hob beschwichtigend die Hände. „Ich ... Wir stehen hinter dir, und das weißt du. Du hast das Rudel heute Nacht in ein Vampirversteck geführt und uns einen unglaublichen Sieg ermöglicht: Köln hat keine Vampire mehr! Das ist großartig, Alfred!" Je länger sie sprach, umso mehr zitterte ihre Stimme. Doch es war keine Angst oder Ergriffenheit, sondern Wut, die aus ihr sprach. „Aber ich kenne dich und muss mich deshalb fragen, ob du das wirklich geplant hast ... War es dein Plan, die Vampire heute Nacht aus Köln zu vertreiben, Alfred? Oder hast du uns alle in Gefahr gebracht, um deinem ehemaligen

Herrn zu helfen, und alles andere war Zufall?"

Alfred packte sie bei den Schultern und griff im ersten Augenblick fester zu, als er beabsichtigt hatte. Beschämt zog er seine Hände zurück und vermied es, ihrem Blick zu begegnen. „Katja … Ich habe heute Nacht einen alten Freund zum zweiten Mal sterben sehen und meine Wölfe feiern einen Sieg, der keiner ist … Können wir bitte morgen darüber reden?"

„Es ist ein Sieg", widersprach Katja betont ruhig. „Ein kleiner, aber ein wichtiger für all die jungen Wölfe wie Severin. Für alle, die noch nicht mit eigenen Augen gesehen haben, wie mächtig die Vampire sein können …"

„Das war noch gar nichts und das weißt du", murmelte Alfred. „Brayden ist ein Lamm im Vergleich zu anderen Vampiren mit seinem Wissen und seinen Fähigkeiten. Wie oft wären wir fast draufgegangen, als wir sie über die halbe Welt gejagt haben, Katja?! Wie viele Freunde haben wir verloren?"

Katja nickte einsehend und seufzte leise. „Also, wie geht es jetzt weiter?"

„Ich … habe noch keinen richtigen Plan", gestand Alfred zögerlich und fühlte sich endgültig entsetzlich hilflos. Wieso hatte er keinen Plan? War er am Ende immer noch Braydens Diener? Hatte er all die Jahre in Wahrheit nach Braydens Pfeife getanzt? „Katja … Brayden ist tot …"

„Ich weiß …" Katja strich ihm vorsichtig mit einer Hand über die Schulter, und dieses Mal war Alfred dankbar, dass sie nicht schwieg: „Deshalb bin ich hier. Du hast also noch keinen Plan? Das ist okay. Hast du schon eine Idee?"

Alfred bemühte sich um ein kleines Lächeln, gab aber letztendlich erfolglos auf. „Ja … schon." Er fuhr sich durchs Haar und atmete tief durch. „Eigentlich … ändert Braydens Tod ja nichts an unserem Ziel …" Jedes Wort schmeckte bitter, aber es war die Wahrheit. Die Werwölfin nickte zufrieden. „Das wollte ich hören."

Nachdem Katja gegangen war, kehrte Alfred in sein abgedunkeltes Appartement zurück, um weitere Begegnungen ähnlicher Art an diesem Tag zu vermeiden. Während Luca in seinem Bett den Tag verschlief, versuchte er fieberhaft, seine Gedankenflut zu strukturieren. Es galt, einen Dämon zu Fall zu bringen. Und allmählich reifte eine grobe Idee zu einem handfesten Plan …

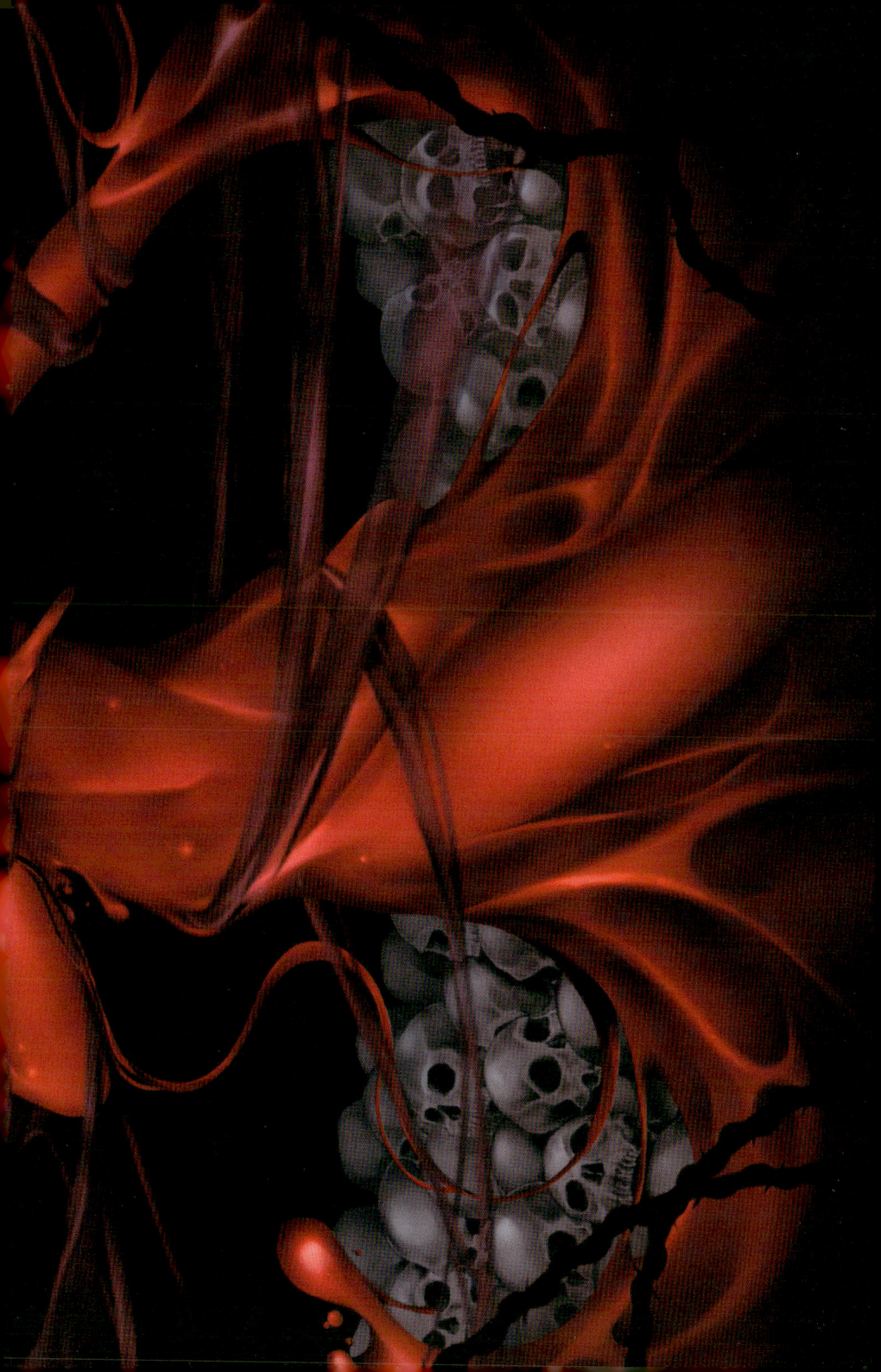

CARLSEN MANGA

Deutsche Ausgabe / German Edition

© *2023 Carlsen Verlag GmbH, Völckersstraße 14-20, 22765 Hamburg*

Originalausgabe

SCHATTENARIE Encore Edition © *2023 by Zofia Garden, Anne Delseit*

All rights reserved.

Redaktion der Erstausgabe: Michael Cheng

Redaktion der vorliegenden Neuedition: Kai-Steffen Schwarz

Produktionsmanagement: Björn Liebchen

Alle deutschen Rechte vorbehalten

ISBN: 978-3-551-71125-0

CARLSEN MANGA! NEWS • Aktuelle Infos abonnieren unter

www.carlsenmanga.de • www.carlsen.de

Wir produzieren
nachhaltig

• Klimaneutrales Produkt
• Papiere aus nachhaltigen
  und kontrollierten Quellen
• Hergestellt in Deutschland

FSC
www.fsc.org

MIX

Papier | Fördert
gute Waldnutzung

FSC® C014496